ERÊMI

O guia da Umbanda para crianças

de axé (ou de outra fé)

Luana Leandro

Ilustrações: Bruno Barelli

Dados Internacionais de Catalogação na Publicação (CIP)

Leandro, Luana

Erêmi: o guia da Umbanda para crianças de axé (ou de outra fé) / Luana Leandro; [ilustrações] Bruno Barelli. - 1. ed. - São Paulo : Arole Cultural, 2020. - (Umbanda para crianças; 1)

ISBN 978-65-8617-403-8

1. Literatura infantojuvenil 2. Umbanda - Literatura infantojuvenil 3. Religiões afro-brasileiras I. Barelli, Bruno. II. Título III. Série.

CDD-028.5

Índices para catálogo sistemático:

1. Religiões afro-brasileiras : Literatura infantil 028.5
2. Religiões afro-brasileiras : Literatura infantojuvenil 028.5

APRESENTAÇÃO

Um livro como ERÊMI desperta em quem lê a certeza da existência e resistência de um Brasil encantado. Dá oportunidades às crianças de axé ou de outra fé fazerem uma conexão com a riqueza que as culturas do tambor representam.

O chão de terra batida, as forças da natureza traduzidas nas energias dos Caboclos, os saberes ancestrais negro-africanos dos Pretos Velhos, nossos grandes contadores de histórias. As descobertas sobre possibilidades da vida, o reconhecimento das diversidades, a liberdade das ruas com os Exus e Pombagiras – as quais, muito antes das discussões sobre empoderamento, já cantavam a força e o poder da mulher. A magia, os mistérios e a fé do Povo Cigano. Conhecer nosso sertão profundo e a firmeza da palavra com os Boiadeiros e Baianos, a positividade, alegria e o jeito bonachão dos Marinheiros, a conversa reta e direta da Malandragem nos ensinando que é preciso muito gingado para viver a vida com leveza... E os Erês, crianças sagradas que renovam nossas crenças em melhores dias com muita brincadeira, inocência e doçura.

Há quem prefira um vida desencantada, aquela que não se espanta por ter apagado o seu axé. Eu não consigo acreditar em uma vida sem esse poder de encantar e das formas desafiadoras de narrativa que esse poder elabora sobre o viver.

Por isso, ERÊMI é uma exaltação da Umbanda, mas também de todas as tradições e religiosidades afro-ameríndias, tão perseguidas no Brasil. Um livro para crianças, que todos aqueles que ainda tem sua essência infantil precisam ler, nesses tempos em que o mundo precisa se valer de alguns dos princípios básicos da Umbanda como o amor ao próximo, respeito às diferenças e união. A partir das linhas deste livro você vai se encantar e começar a conhecer de um jeito lúdico as sete linhas da Umbanda. Saravá!

KEMLA BAPTISTA
ESCRITORA, CONTADORA DE HISTÓRIAS E EDUCADORA
CRIADORA DO CANAL @CACANDOESTORIAS E
AUTORA DO LIVRO "A FESTA DA CABEÇA"

O que é a UMBANDA?

Olá amiguinhos! Vocês sabiam que a Umbanda é uma religião brasileira, que une aspectos das antigas práticas africanas, do espiritismo e até dos Santos da Igreja? Sim! Ela foi criada por nossos ancestrais há muitos anos atrás e nos dá a chance de conversar e receber a proteção dos guias espirituais e dos Orixás – os deuses e deusas africanas da natureza.

Ela foi fundada em 1908, no Rio de Janeiro, quando um homem chamado Zélio Fernandino de Morais se comportou de um jeito estranho durante uma sessão espírita, dizendo ser uma outra pessoa... Foi através dele que um guia protetor falou qual seria sua missão na Terra: permitir que os antigos espíritos dos negros escravizados, índios, boiadeiros, marinheiros e todos mais que desejassem praticar o bem cumprissem sua jornada de caridade e cuidado às pessoas, com auxílio dos Orixás e de todos os Santos... Lindo, né?

Por isso, a Umbanda é uma mistura de religiões e seu principal objetivo é ajudar a quem precise, sem cobrar nada em troca. A maior lição da Umbanda é a pratica da caridade a qualquer pessoa, desde um morador de rua que esteja passando necessidades até o homem mais rico do mundo (eu mesma já vi essas duas situações acontecerem, ao vivo). Na Umbanda não há separação nem diferenças entre as pessoas, pois seu maior fundamento está nos ensinamentos de Jesus.

Nela, os guias espirituais se organizam em grupos chamados falanges, que são a união de vários espíritos com jeitos e propósitos parecidos. Durante as sessões da Umbanda, estes guias espirituais conversam com a gente e nos aconselham através dos médiuns – que é como chamamos as pessoas que frequentam a religião. Ah!!! Não podemos esquecer da crença nos Orixás, na reencarnação, nos ancestrais e em Deus, o Criador de tudo.

Com tantos ensinamentos, surgiram muitas histórias sobre nossos guias espirituais e suas falanges. Pensando nisso, este livro foi criado para você conhecer um pouco mais sobre cada uma delas, seus costumes e como cada uma delas nos ajuda por toda a vida... Vocês estão preparados?

Então vem comigo...
Saravá a Umbanda!

CABOCLOS e CABOCLAS

Os Caboclos foram a primeira falange a aparecer na Umbanda e são entidades com muita força e sabedoria espiritual. Ágeis, espertos e muito trabalhadores, são os espíritos de índios e índias que viviam no mundo todo há muitos anos atrás.

Quando se apresentam no Terreiro geralmente são sérios e quietos, mas sempre trazem mensagens de carinho e conforto nos ensinando a ter força e coragem frente aos desafios da vida.

Os guias espirituais dessa falange têm estreita ligação com o Orixá Oxóssi e carregam com eles a energia dos guerreiros e caçadores das matas, a sabedoria de plantar e colher o sustento das tribos e das famílias. Eles também são grandes conhecedores dos segredos da floresta, da cura através das plantas, e de como sobreviver com aquilo que a terra nos dá; por isso sua comida preferida são as frutas, legumes e sementes.

O Caboclos e Caboclas são os guardiões da força e da coragem e no momento de seu culto esses lindos guias cantam, dançam e transmitem sua mensagem sobre a importância da natureza. Sua saudação é "Okê Caboclos", como um grito alto de guerreiros e caçadores!

PRETOS e PRETAS VELHAS

As entidades que chamamos Pretos Velhos foram os responsáveis por trazerem a magia dos Orixás para o Brasil. Nascidos na África, foram trazidos como escravos até aqui e obrigados a morar nas senzalas, servindo os Senhores de Engenho. Apesar de tudo isso, eles e seus descendentes, filhos, filhas, netos e netas resistiram bravamente!

Os Pretos e Pretas Velhas se apresentam na Umbanda como vovôs e vovós, cuidando da gente com bastante carinho e conquistando a todos com sua humildade e amor. Eles também têm muita sabedoria, demonstrando que a fé é o melhor caminho para passar pelos problemas da vida. Sua principal missão é nos ajudarem a resistir contra os preconceitos da vida, pois isso eles já viveram. O uso do cachimbo, chapéu de palha e do café preto mostram que eles não têm vaidade, mas sim grande bondade em seu coração.

Você sabia que eles também adoram utilizar ervas para cura? Na época em que viveram não existiam tantos remédios como hoje em dia e nem outro modo de se curar quando ficavam dodóis, por isso utilizam de rezas e ervas para espantar todo mal do corpo e da alma! Sua saudação é "Adorei as Almas" e sua comida preferida é o tutu de feijão e o bolo de fubá quentinho.

DOCE

COSME, DAMIÃO e os ERÊS

Os Erês são as crianças sagradas, a representação das boas energias, da alegria de viver, da diversão e da capacidade de encontrar felicidade nas situações mais simples. Travessos e inquietos, eles adoram fazer travessuras com brinquedos e chupetas, afinal, quem não gosta de uma boa diversão?

Na Umbanda muitas vezes são chamados de Cosme e Damião, como os santos criança da Igreja, e são conhecidos por seu espírito livre, mas não se engane! Em meio a toda essa bagunça, eles são o meio pelo qual os Orixás expressam suas vontades, trazendo mensagens importantes através das brincadeiras, mas sempre deixando clara a importância do que têm a dizer.

Assim como as crianças da Terra, com doçura e inocência, basta um sorriso bem grande ou um abraço apertado desses guias pra que toda a tristeza vá embora! Eles também têm muito respeito pelos mais velhos e, por isso, são extremamente ligados aos vovôs e vovós espirituais. Quando estamos tristes ou falta energia pra ver a beleza do mundo ao redor, é a eles que chamamos dizendo bem alto "erêmi"! A comida preferida deles... Adivinha? Doces, balas, pirulitos e muita guaraná, como se vivessem todo o tempo numa grande festa!

BAIANOS e BAIANAS

Assim como os Pretos e Pretas Velhas, os Baianos e Baianas da Umbanda representam a ancestralidade negra, que resiste aos desafios da vida e supera as dificuldades do destino. Esforçados e muito trabalhadores, com esses Guias não tem tempo ruim: faça chuva ou faça sol, se precisar, com os baianos pode sempre contar!

Alegres e bem humorados, carregam uma força de vontade tremenda e nos ensinam que é sempre hora boa pra trabalhar, por isso força e coragem são suas principais características!

Eles adoram conversar e contar histórias e se comunicam facilmente com a gente, mas não pense que são moles, não! Baiano gosta de festa, mas na hora do trabalho é sério, dedicado e não leva desaforo pra casa! Seu espírito é livre, humilde e batalhador e todos eles têm o dom de desmascarar as coisas ruins rapidamente!

Essa falange representa a mistura de todos os povos que têm orgulho da sua origem, mas que se precisar viajam pra bem longe pra cuidar da família e das pessoas que gostam! Quer agradar um deles? Prepare uma batida de coco e uma farofa bem apimentada pra ver que rapidinho a conversa começa...

BALA DE COCO

BOIADEIROS e BOIADEIRAS

Os boiadeiros representam os trabalhadores que criavam animais e aravam a terra das fazendas de sol a sol, acordando cedinho e voltando pra casa já bem tarde, pra ficar com a família e contar as novidades. Os guias dessa falange são muito sérios, às vezes parecendo rabugentos, mas na verdade tem um enorme coração! Ao chegar no Terreiro eles se vestem com laços e chapéu de vaqueiro, como se estivessem no campo cuidando dos seus animais, cheios de orgulho do seu trabalho.

Esses guias são cheios de mistérios e suas histórias trazem muita sabedoria, nos ensinando a ser feliz mesmo com poucas condições, valorizando a família e a simplicidade. Já imaginou como seria viver sem telefone e internet? Pois era assim a vida dos boiadeiros de antigamente.

Eles também adoram cantar e fazem questão de deixar claro seu amor pelo trabalho. Com seus conselhos, nos ensinam a nunca perder a esperança e a nos renovarmos a cada dia, apesar do que aconteça, mostrando que somos capazes de conquistar tudo o que queremos. Sua comida predileta é carne seca e abóbora cozida com milho e a saudação dos Boiadeiros é "Xetuá", como o barulho que faziam pra guiar os animais pelos campos.

MARINHEIROS e o POVO DAS ÁGUAS

A FALANGE DOS MARINHEIROS TEM MUITA HISTÓRIA PRA CONTAR, AFINAL, SÃO OS GRANDES VIAJANTES QUE VÊM E VÃO PELAS ÁGUAS DESSE MUNDÃO! COMILÕES, BEBERRÕES E MUITO DIVERTIDOS, OS MARINHEIROS ADORAM UMA BOA FARRA E COM SUAS VIAGENS PRA PERTO E PRA LONGE, APRENDERAM QUE A PACIÊNCIA É UMA VIRTUDE E QUE O MELHOR SENTIMENTO É SABER QUE, NÃO IMPORTA O QUE ACONTEÇA, TEMOS SEMPRE PRA ONDE VOLTAR!

POR ISSO, ELES TÊM O PODER DE LEVAR TODA DOR, SOFRIMENTO E SOLIDÃO PRO FUNDO DO MAR, AJUDANDO E ACONSELHANDO QUEM OS PROCURA COM BELAS PALAVRAS DE ESPERANÇA, POIS APRENDERAM QUE QUEM CONFIA SEMPRE ALCANÇA! ALÉM DOS MARUJOS E MARINHEIROS, NESSA FALANGE TAMBÉM ENCONTRAMOS PESCADORES, JANGADEIROS E TODA GENTE QUE VAI PELOS MARES E RIOS, VIVENDO LÁ E CÁ, E TODOS ELES NOS PROTEGEM QUANDO VAMOS VIAJAR!

ASSIM COMO AS SEREIAS QUE VAMOS CONHECER LOGO A SEGUIR, ELES TÊM UMA LIGAÇÃO BEM PRÓXIMA COM A ORIXÁ IEMANJÁ. SUA SAUDAÇÃO DURANTE AS SESSÕES DE UMBANDA É “SALVE A MARUJADA” E PARA AGRADÁ-LOS PODEMOS OFERECER COMIDAS FEITAS COM PEIXES E UM POUCO DE RUM NA BEIRA DA PRAIA.

SEREIAS

As sereias são as guardiãs da beleza e da delicadeza, dos sonhos e dos encantamentos. Grandes protetoras da Umbanda, caminham ao lado da Orixá Iemanjá e nos ensinam que pra uma coisa ser verdade nem sempre a gente precisa conseguir enxergá-la... Afinal, depois de muito tentar, quem de nós já viu onde termina o mar?

O fato mais curioso é que elas têm dois corpos num só: meio mulher, meio peixe, e seu canto suave e doce leva embora toda a tristeza e a mágoa dos nossos corações... Mas não se engane, pois as Serias também representam os mistérios das ondas: são lindas, mas algumas vezes perigosas, e assim como conhecem as profundezas das águas, conhecem também os segredos mais profundos de cada um de nós.

Essa dualidade das sereias também se reflete em seus poderes e encantos: ao mesmo tempo em que são protetoras da beleza e da magia, elas são grandes batalhadoras e protegem a gente dos perigos escondidos e das maldades que não podemos ver, como as nossas mães quando somos pequeninhos (e mesmo depois de grandes). Por isso, sempre que pensarmos nelas devemos lembrar da força da mulher e do seu poder de gerar e cuidar da vida!

EXU e o POVO DA RUA

Os Exus são os protetores dos Terreiros e trabalham no que as pessoas costumam chamar de "esquerda da Umbanda". Os Guias dessa falange caminham na luz e nas sombras e por isso conhecem a bondade e a maldade do mundo, o que acaba confundindo as pessoas...

Pode parecer assustador, mas nada disso quer dizer que eles façam o mal! Ao contrário: só significa que, de todas as falanges dos Guias Espirituais, eles e as suas companheiras Pombagiras são os mais parecidas com a gente!

Os Exus adoram bater papo e suas conversas são sempre cheias de risadas que trazem por trás de cada palavra muitos aprendizados! Eles são os donos de todos os caminhos por onde a gente anda e trabalham para garantir que as leis dos Orixás sejam cumpridas. Por tudo isso, o principal símbolo de Exu são as chaves e os garfos cruzados – chamados tridentes –, que simbolizam todas as estradas e ruas do mundo!

Os Exus são sempre os primeiros a serem homenageados, pra que estejam sempre alerta cuidando da gente, e adoram comer e beber tudo o que a gente também gosta. Sua saudação é "Laroiê Exu", que significa "Eu te saúdo, Exu" ou ainda "Salve o Grande Mensageiro".

POMBAGIRAS

Esta linda e charmosa mulher é senhora que comanda os encantos femininos, cheias de força e alegria. Elas e simbolizam as mulheres fortes que lutaram por seus direitos e pela igualdade entre as pessoas de todos os jeitos. Você sabia que antigamente as mulheres não podiam fazer muitas das coisas que fazem hoje em dia? No mundo espiritual, foram as Pombagiras que protegeram e guiaram essas conquistas!

Elas adoram dançar e cantar, vestir roupas em tons de vermelho, preto ou coloridas com muito brilho, pois gostam de chamar a atenção para mostrar que temos o direito de ser como quisermos! Vaidosas e sedutoras, elas também gostam de andar sempre perfumadas, muito bem arrumadas e maquiadas, como uma linda mulher.

As Guias dessa falange são muito amigas e excelentes conselheiras, como psicólogas espirituais, nos ajudando nos momentos de dúvidas. Além disso, elas também são especialistas em cuidar dos problemas de amor e de situações mal resolvidas entre as pessoas. Essas moças alegres e simpáticas trabalham para desvendar os mistérios que cada um de nós trás dentro de si, e andam ao lado de Exu, seu melhor amigo, comendo junto com eles e tomando bebidas finas, champanhe e anis, como verdadeiras Damas.

CIGANOS e o POVO DO ORIENTE

Os Ciganos são protetores que vieram lá do outro lado do mundo e passaram por muitos outros países até chegarem ao Brasil. São amantes da liberdade e grandes amigos, tanto que mesmo vindo de tão longe, se uniram às demais falanges da Umbanda para praticar a caridade.

Esses Guias vivem em um universo cheio de misteriosas histórias e gostam de tudo o que é diferente: perfumes, comidas, roupas, danças... Eles também são conhecidos por sua intuição e pelos poderes de prever o futuro... Já pensou saber como será o amanhã? Demais, né!

Geralmente chamamos essa falange de "Povo Cigano", mas a verdade é que eles são união de muitos povos com costumes diferentes e por isso conhecem os nossos sentimentos mais profundos. Sua magia traz a força dos quatro elementos da natureza: terra, água, ar e fogo, além disso, os lenços e os leques, o pandeiro e a sineta, as chaves e a fogueira são seus símbolos, pra mostrar a diversidade dos seus costumes.

Esses Guias não ficam parados em lugar nenhum, andando pelo mundo, e por isso nos ajudam a superar a falta de trabalho e dinheiro. Se precisarem, vão longe buscar as melhores coisas pras nossas vidas.

A·LUA

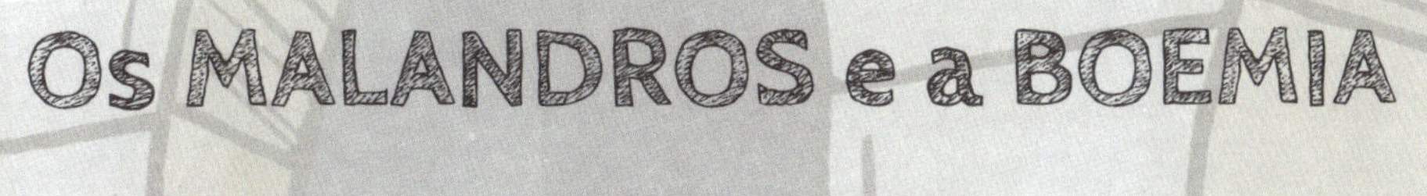

Os MALANDROS e a BOEMIA

Curtir a vida é o que os Malandros e Malandras da Umbanda fazem de melhor! Esses valentões estão sempre dispostos a defender quem passe por injustiças e sabem como ninguém o valor da amizade verdadeira!

Os Guias dessa falange são muito justos e não aceitam enganações! Suas mensagens sempre dizem a verdade, por mais que ela possa contrariar quem os procura pedindo ajuda. Eles se tornaram especialmente queridos na Umbanda pois com sua sabedoria, clareza e esperteza nos ensinam a confiar na gente mesmo e superar todas as dificuldades do dia-a-dia, sempre encontrando um jeitinho de nos livrar do mal e continuar sorrindo.

Eles adoram o samba e andam sempre bem arrumados, geralmente de terno branco com gravata vermelha ou preta, ou camisas listradas. Suas roupas também nos ensinam uma grande lição, pois costumam dizer que quem veste branco não se suja com a maldade dos outros!

Essa força toda os deixou mais íntimos da gente e como já passaram por situações parecidas com as nossas, ensinam como reagir aos desafios da vida. Animados e brincalhões, adoram comer um picadinho de lanchonete e tomar cerveja, como se a vida fosse uma eterna festa!

Os ORIXÁS

Os Orixás são os deuses e deusas africanos que vieram pro Brasil com os nossos antepassados e representam as forças da natureza: o mar, os rios e as chuvas; o fogo, o raio e o trovão; as montanhas e as matas... Cada uma dessas forças representa um Orixá e seus poderes!

Na Umbanda eles são comparados com os santos, coisa que os adultos chamam de sincretismo: Ogum é o grande guerreiro, como São Jorge; Iansã é valente e independente, por isso parece Santa Bárbara! Iemanjá é rainha do mar, como Nossa Senhora dos Navegantes; e Xangô, o Orixá da justiça, é forte como o leão de São Bartolomeu!

Assim como a gente, a maioria dos Orixás teve erros e acertos, gostos e vontades, amores e tristezas... E assim como os Santos, sua fé era tão grande que eles se transformaram numa energia poderosa que hoje em dia ajuda a gente. Antigamente, por causa dessas semelhanças, nossos ancestrais usavam as imagens dos Santos católicos para camuflar o culto aos Orixás, que era proibido naquela época.

Os Guias de todas as falanges estão ligados a eles e os principais Orixás cultuados na Umbanda são: Ogum, Oxóssi, Xangô, Iansã, Oxum, Iemanjá e Oxalá.

SARAVÁ

ORÍ, O ANJO-DA-GUARDA

Além dos Guias e Orixás, cada pessoa tem um protetor pessoal, chamado Orí pelos nossos ancestrais africanos e Anjo-da-Guarda pela gente da Umbanda, como um guardião que sempre nos acompanha.

Ele é uma energia cheia de luz, que aparece no momento que nascemos e nos acompanha por toda a vida, independente da religião que seguimos... Algumas pessoas dizem até que ele é como um pedacinho de Deus morando dentro de cada um de nós!

Quando um praticante da Umbanda se prepara para incorporar os Guias Espirituais, é o Anjo-da-Guarda quem fica ao lado protegendo para que nada ruim se aproxime. Por isso, no momento do Guia ir embora, dizemos "seu anjo da guarda te chama!".

Eles normalmente não recebem oferendas próprias e a melhor maneira de cuidar do nosso Anjo-da-Guarda é cuidando da nossa saúde, nos alimentando bem, fazendo exercícios e não usando nenhum tipo de droga... Afinal, como ele é um pedacinho de Deus na gente, nosso corpo é o melhor templo para ele! Outra coisa importante é lembrarmos dele com carinho e agradecer pelos cuidados que nos dá, acendendo velas e orando pra ele.

Sobre a Autora

Luana Leandro tem 24 anos e é estudante de Direito. Apaixonada pela leitura e pela Umbanda desde criança, cresceu assistindo sua avó e sua mãe coordenarem a **Fraternidade Espírita de Umbanda Caboclo Humaitá, Vô Militão e Boiadeiro Serra Negra**, templo do qual é a herdeira religiosa. Com muito respeito e amor aos Guias Espirituais, buscou entre seus mais velhos a sabedoria para descrever com delicadeza e amor cada uma das falanges apresentadas em **Erêmi - O Guia da Umbanda para Crianças**. Curiosa e estudiosa, antes de ingressar na faculdade fez o curso técnico em Serviços Jurídicos e ali descobriu sua paixão pelo direito. Às vésperas de se formar, Luana acredita que a atuação como advogada lhe abrirá portas para atuar e defender a educação antirracista e a liberdade religiosa.

Sobre o Ilustrador

Bruno Fernandes Barelli, 24 anos, paulista, é menino de Oxóssi e Oxum, formado em Cartoon e Ilustração, estudante de Arte e Cultura. Apaixonado pela fé, simpatizante de várias religiões e práticas espiritua-is, em especial a Umbanda, muito presente há gerações na família, assim como a tradição Hindu e o Catolicismo. Apoiador das lutas e direitos LGBTQ+, junto com amigos coordena um projeto de inclusão para pessoas LGBTQ+, negras e grupos minoritários em empresas.